리을의 해변

조혜정

시인의 말

바라볼 때마다 공중에 떠 있는 창밖 테니스장의 녹색 공. 마이 볼을 외치며 라켓을 휘둘러도 여전히 공중에 떠 있는, 누가 저 녹색 공을 허공의 교수대에 매달았을까

2024년 10월

조혜정

리을의 해변

차례

2부 하루 한 권의 새

3부 무사히 ㄹ의 해변에 닿았으면 좋겠구나

1부
바나나가 너를
기억하지 못하는 동안

바나나

전화벨이 울렸지만
누군지 알 수 없었으므로 받지 않았다
전화를 받지 않았으므로
누군지 영원히 알 수 없었다

모르는 것의 아름다움
비둘기와 돌 사이, 별과 벌 사이, 비행기와 바나나 사이
누군가를 부르는 외침과
횡단보도에 멈춰 떨어지지 않는 이상한 발걸음 사이
사이렌처럼 달리고 나면
강물처럼 열렸던 자동차의 물결이 급하게 닫힌다

뇌의 주름 속 반점 때문이래
오래된 과일에서 처음 생겨나는 그것
식탁 위에 놓인 바니니기
갈색 반점들을 달고 너를 기억하지 못하는 동안
모르는 도시에서
택시와 여객기를 번갈아 타고

다시 모르는 곳으로,
바나나의 사라진 첫 문장이 시작된다

여러분의 비행기가 2003년 4월 7일 이륙하여
2024년 5월 4일 오늘 도착했습니다
당신의 바나나는 실종자로 분류되었습니다
모두 같은 난기류 속에 있었지만
끝없이 회전하다 백주대낮 반대편에 멈추는 회전문

반점도 꽃이 피는지 모르겠어
모든 반점은 다 꽃, 아닌가?
식탁 위 바나나를 먹고
돌아보면 다시 바나나가 놓여 있다
바나나가 너를 기억하지 못하는 동안
더욱 넓어지는 반점들

도로 한복판에 붙박인 듯
바나나가 타고 온 비행기가 움직이지 않는다

빈 화분

빈 화분을 선물로 받았다
마음껏 나를 심어 봐!
화분에서 유령이 자라는 것은 흔한 일
이제 알비노나 키메라가 유행이라는데
잎의 가치는 반점으로 결정된다
하지만 알비노를 너무 사랑해 광합성을 못 한 네가
화분을 쉽게 죽여 버리면 나를 원망하겠지
명심해, 빈 화분은 인테리어가 아냐
너는 힘주어 강조했다
쫓기듯 하룻밤 사이 2년 치 네가 자라나고
흰 뱀과 코끼리의 형상으로 자란 반점은
이 방 어느 곳과도 어울리지 않는다
식물을 버릴 때는 애인을 버릴 때와
같은 심정이라고 누가 그랬더라
너는 다시 또 빈 화분을 보며
이런 일은 처음이라고
너는 빈 화분조차 망가뜨리는구나
빈 화분이 빈 화분 속에서 싹트고 있다니

링로드 빙하 여행 가이드

언니는 여러 켤레의 트레킹화를 샀다
곧 여름이 올 텐데
빙하와 화산과 거대한 지열 지대 들
멀리 있는 날씨를 상상할 때만 살아 있는 것 같다고
링로드 빙하 여행 가이드를 펼쳤다 닫는다
뒤꿈치가 보들보들한 언니의 두 발이 식탁 의자 아래
까딱거린다
언니는 오로라 벨트의 추종자가 될 수도 있었다
삼한사온이 옛날 같지 않다는데
해변과 빙하가 자꾸 녹아내린다는데
투명한 유리컵 속에서 아이슬란드 빙하 대신 녹고 있
는 얼음덩어리들
언니의 트레킹은 중부권 메가 허브에서 정체 중이다
누군가 볼 수 없는 빛을 보고
누군가 듣지 못하는 소릴 듣고
누군가 가지 못하는 길을 걷는
그런데 우리가
누군가의 신발과 빛을 훔친 것 같지 않니

언니는 발끝에 걸린 슬리퍼를 툭 떨어뜨린다

왼발이 흰 남자가 지나갔네

나는 세상의 꼭대기
거대한 떡갈나무 아래 앉아 있었네
가지에 소녀가 한가득 매달려 있었네

꽃 피지 않고 열매 맺지 않았으므로
소녀는 아름다웠네
바람 불자 소녀가 비처럼 쏟아졌네
쏟아진 소녀를 밟고 왼발이 흰 남자가 지나갔네

가장 큰 바람의 날개를 달고 소년이 왔네
피 흘리지 않고 눈물주머니를 등에 매달았으므로
소년은 아름다웠네
자 여기 누워 봐 초록이 되어 줄게

죽은 것들과 죽어야 하는 것들이 얼굴을 맞대고 울
었네
떡갈나무 아래 세상 모든 울음소리 쏟아져 내렸네
바람은 두 귀를 상자 속에 넣어 두었네

상자가 열릴 때마다 침묵도 열렸다 닫혔지만

부풀어 오른 침묵을 새로 산 외투처럼 입고
왼발이 휜 남자가 지나갔네
외투는 넓고 넓은 살갗 같아서
세상 눈 내리는 소리를 다 셀 수 있었네

아제르바이잔 바쿠*에서

> 그녀와 나는 가끔 하나의 생각을 절반씩 나눠서 한다
> —앤 카슨

바쿠의 미니 책 박물관에서
나의 할머니가 입장권을 팔고 있다
시의 첫 행은 이렇게 시작하기로 했어요, 할머니
망원경이 없으면 입장할 수 없단다
작은 책 속에서 더 작은 할머니가 말했다
이렇게 먼 글씨를 어떻게 맨눈으로 보겠니
할머니가 안내소의 노란 덧문을 쿵 닫아 버린 후에도
할머니와 나는 하나의 생각을 절반씩 나눠서 했다
아빠가 장다리 페스티벌에 나간대요, 나는 닫힌 책
밖에서
느티나무같이 큰 키로도 모자란 게 있었던 게지
현미경을 가져오려므나 별을 보여 줄게
할머니와 함께 바라보던 그렇게 먼 별들 말이에요?
나는 별보다 더 먼 곳을 보고 싶었어요
대추나무 아래서 바라보던 무한대의 현기증,
별을 생각하자 나는 점점 줄어들기 시작했다
할머니 별들이 보이지 않아요, 네가 별 속에 있기 때
문이지

할머니가 보이지 않아요, 네가 별보다 먼 곳을 보여 주었기 때문이지

할머니와 나는 하나의 생각을 절반씩 나눠서 서로를 사랑했다

그런데 나 기억해요 할머니?

그 많은 손자 손녀 중 제일 키가 작았던 나 말이에요

* 아제르바이잔 공화국의 수도 이름.

두부 만들기

두부의 시를 쓰려고
접시 위에 두부를 쌓는다
부드러운 건축이 심심한 불빛 아래 유구하고
그러나 따뜻하고 두근거리던 두부는
여섯 개의 페이지로 서 있다

너는 두부로 집을 지었고 두부 속에 살다 두부에 물
고기를 숨겼다, 라고 첫 행을 쓸 수도 있겠으나

출렁거리는 두부 창문과
오래된 성자 두부의 말씀
썩은 두부 요리에 관해서는 몇 가지 신비한 가설만
있을 뿐
너는 네 명의 두부 장인으로부터 두부 던지는 법을
배웠다

사랑하는 가족에게 픽
둘도 없는 애인에게 픽

오늘 처음 만난 기분에게 픽
여섯 개의 페이지가 마주 보는 페이지에게 픽

너는 가지런히 쌓아 올린 두부처럼 살다
깨진 두부처럼 썩어 간다

자루를 짜 줄 손을 기다리며
간수 속에서 막 엉기어 굳고 있는
출렁거리고 하얗고 따뜻한 어린 물고기들을
다정한 다짐처럼 쌓아 올린 새 두부 지붕들을

피가 식을 때까지 오랫동안
기다렸다, 라고 마지막 행을 쓸 수도 있었으나

세계기분장애학회

눈송이처럼 흩어지는 기분을 연구하려고 해
뚱뚱해지다가 미끄러지다가 흔들리다가 파고들다가
물방울의 직전을 세계기분장애학회에서는 뭐라고
부르니
부고를 전하며 미소의 습관을 버리지 못하는
예능 전문 아나운서의 입꼬리를 바라본다
전속력으로 명랑함에 도달하기 위해
대낮의 버스 정류장 앞에서 웃으며 침을 뱉는 아이들
안녕, 임상 실험 중인 기분들까지 다시 날아오르려 해
내가 넘어질 때 울타리 밖 기분도 같이 넘어졌다고 수
첩에 적었는데
넘어진 그대로 울타리만 일어나 제멋대로 걸어가 버
렸네
어제만 해도 거리에 가득 넘치던 기분들
크리스마스 다음 날 공원에서 처음 만난 개의 기분
은 '북'이었는데
울리는 '북'이 아니라 읽는 '북'이었는데
북아, 부우가! 부르면 그 이름이 혀끝에서 자라나

이제 '북'은 죽은 초록 크리스마스트리와 함께
세계기분장애학회에 등록된 이름
나는 우리가 없어서 나누어 줄 기분이 없다
눈사람처럼 둥글게 녹아내리는 이름 밖에서
너는 또 아무 데로나 흩어지는 중

소곤대는 무늬

우리 집 꽃밭에 이빨 달린 꽃들 피었지
검은 엄마가 틀니 씻은 물을 주었지
꿈속 쥐가 꿈 바깥으로 달아나며
이 배는 가라앉고 말 거야 노랠 불렀지
장미와 트럼펫 이빨들이 꽃 피는 아침을 갉아 먹었지
머리 가슴 배로 나뉜 노래가 쏟아졌지
햇빛 두드러기처럼 돋아났지
가려움을 파먹으려고 가로수들 달려들었지
꿈속으로 돌아가기엔 충분하지만 도시 바깥으로 떠
나기엔 부족한
시간이 피아노 건반 속에 숨었지
피아노는 노래가 잠드는 무덤
나무를 들이받은 헬리콥터처럼 뜬금없이
이빨들 잠잠해졌지
늙은 쥐들이 잠잠해졌지
장미와 트럼펫 이빨이 잠잠해졌지
그리고 불붙은 폭탄 하나가 남았지
꽃의 자물쇠를 물고

칙 칙 칙 소릴 내며 압력추가 돌고 있었지

눈의 대장장이

너무도 오래 산 눈의 대장장이가
무릎을 녹여 마지막 폭설을 만들었다
눈의 대장장이가 금속의 무릎을
두드리고 두드리고 두드려서
오래된 책들이 아직 나무였던 시절과
석탄이 다이아몬드를 낳던 때*를
지나왔다는 걸 기억하는 사람이
한 사람도 남아 있지 않을 때의 일이었다
무릎이 없어도 눈의 대장장이는 어디에나 잘 도착했다
그 도시에서 엥겔 지수가 가장 높은
여자의 동굴에 제일 먼저 도착했다
눈의 대장장이는 아! 이 흰 것 좋아
그 여자가 말할 것 같은 순간을 좋아했다
동굴에서는 들리는데 모두에게는 들리지 않는
희고 차가운 공중의 주파수가 사라져 없어질 때까지
폭설은 내내 그곳에 살았다
오래 바라보면 어떤 것들은 영혼을 갖게 된다
사람들이 그곳에 문이 있었다는 것을 겨우 기억해냈

을 때

　여행을 떠나는 거 어때요

　처음 도착한 도시인데 모두 걸어 본 길 같을 거예요

　무릎 없이도 흰 눈이 내릴 거예요

　여자가 폭설 속에서 간직한 어스름의 문장을

　두드리고 두드리고 두드리면

　눈의 대장장이의 맥박이 공중에 고동치고

　도깨비불, 딱정벌레, 윙윙거리며 벌이 맴도는

　꽃 덤불을 만들 수 있다는 걸 믿는 사람이

　하나둘 나타나기 시작하던 때의 일이었다

* 발터 뫼어스, 『꿈꾸는 책들의 도시』.

열린 부엌

노래 한 곡이 끝나자
설거지가 끝난다
흰옷을 입은 여자가 열린 부엌 앞에 서 있다
들어오려는 건지 나가려는 건지 알 수 없다
문밖에는 햇빛,
그림자가 여자의 흰옷 뒤로 쏟아진다
이것은 내가 꿈꾸던 부엌
밀도가 느슨해진 여름 한낮 공중이
연약 지반을 지나는 중일 때
접시들은 블랙홀 속 행성이나 천체를 닮는다
그냥 말장난이나 좀 하려고요
어둡고 둥근 행성 하나를 꺼내 닦으며
세상에 태어났을 때 이미
노인의 마음을 가진 아기들이 태어나는 행성에 대해
그냥 이야기나 좀 나누려고요
물이라는 말 참 좋지요
좋아서 말 쪽으로 잘 흐르지요
망원경 같은 접시를 하나 더 꺼내 닦으며

열린 부엌은 세상 반대편 끝에 있고

멀수록 잘 흐른다, 문밖에는 햇빛

시간은 아름답고 풍경은 연약해

은빛 바구니 속에 닦아 놓은 행성들이 차곡차곡 쌓

인다

설거지가 끝나자

흐르던 노래도 끝난다

흰옷을 입은 여자가 열린 부엌 앞에 서 있다

들어오려는 건지 나가려는 건지 알 수 없다

빌런

빌런 집에 살고 있다
빌런 정수기를 쓰고 있다
빌런은 빌린과 발음이 비슷해서 생활에 자주 초대한다
빌런 집에 커피 빌런이 있고
빌런을 추출할 수 있는 기구를 모두 갖추고 있다
커피 추출 기구는 고문 기구를 닮아서
향기를 쥐어짜 죄처럼 퍼뜨린다
징벌 한 잔 마셔요
의연하게 팔걸이의자에 앉아
그런데 남극이 사막인 거 알아요?
궁금하지 않아서 떠보는 질문들
물에 빠진 토끼와 캥거루와 빌런 중 누굴 먼저 구할래!
정교하지 않은 악담은 모른 척해도 좋지만
넘어지고 나서 아예 드러눕는 대답
질문보다 먼저 넘어진 대답
일어서면 또다시
넘어질 질문을 던질 테니까
빌런 집에 살고 있다

빌린 비데를 쓰고 있다

빌런은 빌린과 발음이 비슷해서 자주 초대한다

엘리베이터

불 꺼진 엘리베이터에서
갇힌 캄캄함 속에서
우린 지금 어디로 가는 걸까요
지하층으로 내려가나 봐요
바닥 말고 위를 비춰 봐요

방향 감각이 없는 우리에게
수직은 오히려 행운이죠
전진과 후진을 무시해도 좋아요
불빛이 흐려지고 있는 플래시를 들고
더듬더듬, 그런데 문이 보이지 않아요

문을 두드리겠습니다
문을 가져다주세요
우리의 시간이 아래로 아래로만
한때 담배 연기 같은 순간을 맛보기도 했지만
굴뚝은 더 멀어졌습니다

우리는 산 채로 엘리베이터에 매장된 사람들

이제 밀폐된 이 무덤 속에서
시 낭송을 시작하겠습니다
방향 감각이 없는 엘리베이터에게
출구 없는 시는 오히려 행운이죠

다음으로 시의 리듬에 맞춰
러시안룰렛을 시작하겠습니다
총소리를 가져다주세요
탕,
그런데 아무것도 들리질 않아요

수직으로만 내려온 우리에게
낭녹을 기다리는 귀에게
절대 서정은 멀었습니다
문을 가져다주세요
문을 부수겠습니다

버스는 달리고

버스는 달리고
처음 만난 여자가 버스 안에서 책을 읽고 있다
이 책은 열다섯 살에 처음 읽고 오늘 다시 읽어요
그런데 과연 이 책이
그때의 책과 같은 책일까요

버스는 달리고
여자는 어제와 다른 책을 읽고 있다
그런데 과연 여자는
어제의 그 여자일까요

남자와 여자는 그 버스에서 처음 만났다
책을 읽는 여자의 옆얼굴이
저렇게 상처처럼 환하게 빛나는데
그 빛으로 어두운 버스 안에서
남자는 자신의 책을 읽을 수도 있을 것 같은데

우리 전에 만난 적 있나요

남자는 여자를 만나기 위해
일주일 동안 같은 버스만 탔다

버스는 달리고
처음 만난 여자가 버스 안에서 책을 읽고 있다
남자는 일주일 전에 존재한 남자
일주일 동안 일곱 권의 여자를 읽고

2부

하루 한 권의 새

'검은'을 남겨 두고

저 어둠,
언제 저렇게 술빵처럼 부풀어 올랐나
고양이가 삼킨 밤이 가르릉거린다
난간을 지나 지붕 위로 펄쩍 뛰어오른다
밤의 줄무늬가 환해진다
가르릉거릴 때마다
조금씩 제 안으로 지워지는 고양이
'검은'을 남겨 두고 '가르릉'만 뛰쳐나간다
숨어 있던 발톱이 허공을 긋자
지퍼처럼 열리는 아홉 번째 밤
벌어진 한가운데를 '가르릉'이 지나간다
지나간 자리마다 붉은 귀가 돋는다

사과의 저녁

돌을 닮은 저녁이
가장자리부터 흰빛으로 마르고 있다
너는 불도 켜지 않은 방에서 사과를 깎고 있다

세상에 오직 하나뿐인
네 손의 붉다 만 사과를
희미한 손이 빙그르르 돌려 깎으면

오른손에서 왼손으로 옮긴 네 이름자 닮은 성운이
흰 접시 위에 조용히 굴러떨어진다
둥근 것에서 왔는데 우리는 다시 둥근 곳이다

네가 깎아 놓은 저녁이 흰 접시를 벗어나
차가운 거즈처럼 쌓인다
이것은 아마도 사과의 저녁

마음이 사과보다 돌들을 닮는 건
가장자리부터 외로워지는 얼룩의 효과

너는 불도 안 켜고 다시 사과를 깎는다

오늘의, 우주의, 사과의, 저녁의
모든 넓고 막막한 것들 잠시
돌 쪽으로 미끄러지다 멈춘다

새

하루 한 권의 새를 읽을 것을 권해 드립니다
터미널 약국에서 무표정한 복약 지도를 받고 나는
길 잃는 가지 쪽으로만 걷는다
늙지 않는 사람들이 다가와 시간 좀 내주실 수 있느
냐고 묻는다
건네는 모퉁이의 푸른 체온이 차갑다

손가락이 닿았을 뿐인데 처음 보는 약사는
나에게서 새의 영혼을 읽는다
갑자기 고도를 바꾼 거울과 지붕 꼭대기에서 파도치
는 새들
잇새에 낀 씨앗을 뱉으니 한 세계가 어두워진다

날아오를 때마다 나무는 자라고 지붕은 넓어지고
밤의 입에서 빠져나간 앞니들이 더러워진 부리로 돌
아온다
세상 모든 깃털들이 지저귀는 지붕의 세계화
오로지 하나의 지붕에만 모여

연기로 부리를 세수하는 아침이 오고

벼랑을 던진 자리에서 새들이 익사한다

다른 피 혹은 산길에서 처음 만난 숨소리가 서로 물
들어

우리의 깃털이 아름다워진다

북향집에서

나는 그곳에서 음악만을 데리고 왔다
오랫동안 저 혼자 무거워진 가방 속 바람을 버리고
아프지 않고 다치지 않은 봄의 영혼을 버리고
나무의 여름의 어두운 그림자를 버리고
삼백 개의 계단을 내려왔을 뿐인데
비의 잠을 깨우는 문들의 방을 버리고
선로를 바꾸고 있는 철길 위에서
잠시 두근거리다 출발하는 달의 열차처럼
스무 번의 이사에도 잊지 않고 간직했던 겨울 햇빛의
각도와
열병의 밤을 읽던 지붕 밑 계절을 버리고

뼈로 만든 찻잔에 차를 마시면
나는 접시에 그림 그리는 사람이 되고 싶었다
밤새 쌓인 어둠으로 검은 새를 접어 날리고
비어 있는 화분에도 아무 씨앗이나 날아와 잘 자라는
볕 좋은 생애,
네가 만든 찻잔은 손잡이가 좋구나

깊은 푸른빛에 금칠로 북국의 덩굴을 그려 넣은 손
아무것도 가져오지 않았는데
모든 것이 꽉 찬 방에서
나의 일은 매일 북쪽이 뜨고 지는 걸 바라보는 일
나는 이 방에 북쪽만을 데리고 왔다

자두나무 전정

그 자두나무 골짜기에 백정이 살았습니다
피 같은 열매만 열리는 자두나무 앞에서
가지마다 다른 그늘을 품고 있는
이 나무는 소 한 마리 같구나
백정은 나무의 고삐를 풀어 주며
나무 한 그루에도 마을 하나가 살고 있단다
석양의 자손들이 마을과 마을 사이에 길과 다리를
놓고
백정 아들이 백정 아버지를 땅에 심듯
백정 아버지가 백정 할아버지를 땅에 심듯
그 마을의 가장 외로운 언덕에 자두나무를 심었습니다
그곳에서 자두는 둥글게 자두는 무겁게 자두는 달콤
하게
외롭고 붉은 그늘을 마음껏 키웠습니다
이 자두 좀 봐라 피처럼 새빨간
외로움이 넓어지는 가지마다
그곳에 마을이 살고 있었습니다
북쪽 가지는 다시 북쪽 가지로 뻗고

햇빛은 동쪽 가지에서 쏟아져 다시 동쪽 가지로
달콤한 마을이 주렁주렁 열렸습니다
자두나무 아래 백정의 아내가
신 것을 먹고 마구 낳아 놓은 아이들처럼
자두들이 무럭무럭 떨어졌습니다
땅에 심은 아버지와 할아버지의 손이
자두나무 전정을 하며
꽃눈을 다치게 하면 안 된다
허공에 자두 열매를 던져 시간을 멈추고
소 한 마리를 흙 속에서 뽑아 올리는 자두나무 골짜기
목이 무거운 붉은 열매들을 매달기 전 자두나무에는
흰 꽃이 먼저 피었습니다

기린의 날

6월 21일은 하지
하지는 세계 기린의 날
하지가 기린의 날이 된 것은 무해한 상상이지만
기린도 과연 그럴까? 세계 기린의 날 오후에
유리컵 하나가 바닥을 향해 오랫동안 떨어지고 있다
부서지려는 생각이 공중에서 한 번 더 머뭇거리고
창밖에서 우는 아이는 일 년 중 가장 길고 지루하게
울고 있다

우는 이야기가 나왔으니 말인데
눈물로 불을 끄는 기린이 있대,
비약이 심한 대화를 하고 난 후
같은 풍경을 다른 곳에서 다시 마주치는 것
시간이 파노라마처럼 펴졌다 다시 구겨지는 것
이 또한 무해한 상상이지만, 내가 거기로 갈게요

나는 기다릴 수 있는 만큼 더 오랫동안 기다리려고
유리컵이 떨어지고 있는 기린에게 간다

기린의 생각들을 받아 적으면 시가 될지도 모르는데
이곳의 기린들은 모두 누가 다 풀어놓았나
아직도 바닥에 닿지 못한 유리컵

왔다 가요, 부서지려는 유리컵의 생각이 흩어져 있다
6월 21일은 하지
하지는 세계 기린의 날
또 시작이군, 기린의 날이 끝나자
점점 짧아지고 있는 세계

탁자

이 탁자는 포르투갈에서 왔습니다
후추를 사기 위해 인도로 떠났다 바다에서 좌초한
나무 갑판 한 조각으로 만들어졌습니다
오랫동안 알 수 없는 시간에 떠 있었으므로
깊은 밤 풍랑과 암초의 냄새를 풍기며
영혼을 울리는 파도 소리를 낼 수 있다고 합니다
여기서 깊은 밤이란 이 도시에
한 사람도 깨어 있는 사람이 없는 순간을 말합니다
그렇게 깊은 내력을 듣고서도 나는
이 탁자에서 함부로 시를 쓰고
물컵을 쓰러뜨리고 커피 얼룩을 남겼습니다
그런데 이 탁자는 진짜일까요
누군가 낡아 가기 가공 공장이 포르투갈에 있다고도
했습니다만
내가 그동안 쓰러뜨린 시와 물컵의 물은
탁자 밖으로 한 방울도 흘러내리지 않았습니다
그것만은 증명할 수 있습니다
오랫동안 알 수 없는 시간에 떠 있었으므로

탁자에서 후추 향기가 날 때도 있습니다만
희미하게 느낀 것 같다고만 말씀드릴 수 있습니다
한밤중 나의 꿈속에서 흘러나온 것이므로

아르곤

너는
가까운 곳에서
너는
놓여 있는 대로 살았다

여러 개의 실험 기구들이
날씨와 텃밭 일구기와 열기구 사이 흩어져 있고
이제부터 생일 선물은 비활성 기체로 받기로 해

좌회전 신호 앞에서 장작개비처럼 마른 노인이
자기보다 뚱뚱한 카트를 밀며 갈 때
우리는 물질이지
공간을 기억하는 이 불행을
아르곤 아르곤 바나듐 바나듐 주문을 왼 후

네가 숨 쉬는 공기 속에 숨어서
비활성으로
기체로

살아갔으면
어떤 풍경에도 흔들리지 않고
격렬하게 결합하지도 않고

없는 의자

없는 의자에 앉았습니다
없는 등받이
없는 팔걸이
없는 사람이 되었습니다
없는 팔다리
없는 눈 코 귀
없는 의자는 없는 사람과 같은 질문인가요
없는 의자가 없는 사람에게
우리 같이 점심 먹어요
하룻밤 새 온 도시의 의자가 사라졌다는 뉴스를 들
어 봤겠죠
의자들의 담화, 의자는 물을 따르고
각기 한 컵의 물을 앞에 놓고 앉아 있을 때
없는 의자가 가장 늦게 깨달았죠
없다는 것은 컵의 물을 마실 수 없다는 말입니다
30일짜리 의자에 앉아 있었습니다
있었지만 없어도 되는 의자였습니다
30일 동안 열심히 앉아 있었습니다

없는 의자가 열심히 앉아 있어도 되는 걸까요
검은 머리가 백발이 되도록 걸어가도
의자는 의자에 닿을 수 없습니다
없는 사람은 없는 의자와 같은 대답인가요
없는 의자에 앉았습니다
없는 등받이
없는 팔걸이
없는 사람이 되었습니다

나무의 창세기

신은 제일 먼저 의자를 만들었다
첫째 날의 의자에 앉아 세상 끝 날을 만들었다
그리하여 의자는
모든 끝 날의 아버지이자
첫째 날의 형제가 되었다

신은 그림자를 만들기 위해 나무를 만들었다
노래를 위해 양을 만들었다
둘째 날 양과 나무 사이에서 고민했다
움직이는 그림자가 태어났다

신은 한 번도 들은 적 없는 단어로 슬픔을 만들었다
슬픔으로 우는 사람들의 교향곡을 만들었다
마흔네 명의 우는 사람들이 태어났다

끝 날이 오지도 않았는데
슬픔이 언덕을 넘어왔다
슬픔이 양을 죽이러 왔다

신은 첫째 날의 의자에 앉아
죄책감과 기도를 만들었다
기도로 세상 감옥의 문을 활짝 열어젖혔다

가라앉는 배

그들은 배가 오래되면 해체시켜 태운다고 했다
—프리모 레비

우리 집 밭에는 가라앉고 있는 배가 한 척 있다
너무나 천천히 가라앉아 아무도 눈치채지 못한다
기울어진 채 땅속 깊이 스며든 갑판과 닻줄
한때 돛이었던 것을 들어 올리면 아무것도 보이지 않
는다
나는 돛이라고 불렸던 곳에 매발톱꽃을 심었다
매발톱의 보랏빛을 가라앉는 배 대신 매일 바라보다가
가끔 어둠 속에서 생각한다
가라앉는 저 배를 배라고 불러야 할까
더 이상 돛을 펄럭이지 않는다면
새 돛 대신 바람을 데려와야 할 것이지만
이 배는 앞으로 나아갈 순 없지만
가라앉을 수 있는 기술을 가진 아주 오래된 배라고
점점 배의 기척과 냄새가 흐려지다가 어느 날
배는 밭 한가운데서 증발한다
너무나 천천히 가라앉아 아무도 눈치채지 못하는 사이
나아가는 대신 가라앉기를 선택한 사이
너무 오랫동안 우리 집 밭 한가운데 가라앉고 있었던

배를

　묵은 약도라지 뿌리에게 그러듯

　새 밭으로 옮겨 주지 못한 까닭이다

벨기에 구름

벨기에 공항의 남자가 나무 자를 들고
구름의 길이를 잰다
나는 구름이 오면 좋을 뿐
젖은 책을 들고 창가로 가
책에게 벨기에 구름을 보여 준다
연인 혹은 백합의 무게처럼
흰빛으로 떠 있던 우울이
도시 안에서 도시 밖으로
구름이 부여하는 희미한 느낌 속으로
흩어져 다가갈 수 없는 궤도를 만든다
왼쪽 차선이 오른쪽 차선으로 바뀔 때
서서히 중심을 옮기는 구름
밖보다 안쪽이 더 먼
나는 구름에서 구름까지 걸어가 본다
넓게 벌린 두 팔 사이를 공회전하는
구름의 표면 장력, 부서지지 않고
나를 따라 도는 벨기에 구름
걷다가 구름에 갇힌다

나는 종종 행방불명된다

하우스 씨 나무

벼락을 맞아 기울어진 나무는
하우스 씨의 집입니다
그림자를 나뭇잎처럼 떨어뜨리는 남자가
오랫동안 길을 걸어 어느 날 그 집에 도착했죠
남자는 나무와 하우스 씨가 고향처럼 편안했습니다

이 이야기는 어떤 길로 갈 것 같은가요

하우스 씨가 의자를 내어 주었습니다
세상에서 가장 오래된 나무둥치 속에서 혼자 자라고
있던
이 의자를 동네 목수가 톱과 도끼로 꺼내 주었답니다
그림자를 나뭇잎처럼 떨어뜨리는 남자는
하우스 씨가 내어 준 의자가 참으로 편안했습니다
의자는 남자가 앉아 있는 동안에도 무럭무럭 자랐습
니다
식탁보다도 하우스 씨의 키보다도 더 높이 자랐습니다

의자는 언제까지 자랄 것 같은가요

빨려 들어갈 것같이 높은 하늘 창문과
끝없이 다리가 자라고 있는 하우스 씨의 의자와
나뭇잎처럼 그림자를 떨어뜨리는 남자는 사이좋게
살았습니다
남자는 자꾸 자라는 의자에 앉기 위해
하우스 씨의 나무 속에 비스듬한 계단을 만들었습니다
의자와 하우스 씨의 나무는 같은 키가 되었어요

벼락을 맞아 기울어진 나무 속에
남자의 그림자들이 나뭇잎처럼 떨어져
쌓이고 또 쌓였습니다
의자와 하우스 씨와 남자는 여전히 사이좋게 살았습
니다
의자는 나뭇잎 그림자가 양말처럼 따뜻해
하우스 씨의 나무가 너무나 편안했습니다

가을이 되자 동네 목수가 톱과 도끼를 들고 왔습니다
뚝딱뚝딱 잘 자란 의자들이 열린
남자의 그림자가 수천의 나뭇잎처럼 넓게 그림자를
드리운
하우스 씨의 기울어진 나무 아래에서

그런데 이 이야기는 어떤 아름다운 결말일까요

3부

무사히 ㄹ의 해변에 닿았으면

좋겠구나

나무

나무를 들이받고 자동차가 죽자
하필 그 나무가 거기 서 있었느냐고
가족들이 나무 앞에 주저앉아 울부짖었다
일생을 그곳에만 서 있던 나무
멈추고 싶은 자동차가 그 나무를 발견한 것 아닙니까?
나무 속으로 추락한 자동차는
말해 주는 것만큼 감추는 것이 많은
잔해를 유품으로 남겨 놓았고
나무는 비스듬히 쓰러진 채 그 자리에 서 있다

그가 죽었나 봐

그가 죽었나 봐
누가 쓰던 전화번호를 쓰는 일은
오래 입다 벗어 둔 남의 외투를 입고 있는 것 같아
생각이 택배 박스 속 에어팩처럼 부푼다
전화기 속의 그는 외롭고 단순한 사람
밤에 일하고 낮에 잠자는 사람
바닥이 붉은 그의 장갑은
트럭을 타고 방금 굴다리를 지났을 것이다
농로를 지나 외딴집
창호에 말라 죽은 벌레들이 쌓여 있는
검은 풀이 무성한 마당에 그의 고무장화가
몇 개의 발자국을 찍을 것이다
숨을 한 번 또는 두 번 쉬고
장화를 벗고 차가운 물에 입을 헹구고
방에 누워 잠들 것이다
그의 잠 속에서 그의 심장만이 혼자 외롭게 뛰고
전기요금 독촉 문자가
심장 위에 첫눈처럼 쌓이고

그는 잠깐 쉬는 것처럼 오래 잠들어 있을 것이다
그의 번호를 물려받아 쓰는 나에게
멈춘 심장이 마지막 부고 문자를 보내고
트럭 위 손이 빠져나간 그의 장갑은
한동안 손의 모양을 허물지 않을 것이다

루꼴라

루꼴라, 라는 말 좋아
루꼴라는 영양이 풍부한 서양 채소 이름
또는 ㄹ로 내가 만든 아름다운 물고기
루꼴라와 함께 어항 속에서 부드럽게 호흡하는
ㄹ의 레인보우 공기들
클래식 음악을 들으며 심심해하지 않기로 했잖아, 루
꼴라
그런데 왜 물은 불보다 더 아름다운 발음일까
클라리넷은 나보다 루꼴라 너의 목소릴 닮은 걸까
무엇을 질문해도 ㄹ로 대답하는 루꼴라를
과민하고 즐거운 상상이라고 나는 부르지만
모두 가진 루꼴라에게
ㄹ 대신 무엇을 선물해야 할까 고민하는 사이
ㄹ에 흠뻑 젖어, 우리 바다나 갈까 상추 같은 마음을
데리고
네 이름을 즐거운 해변에 놓아둘게
바다에는 같은 리듬으로 헤엄치는 사람들이 있고
헤엄치는 사람들이 무사히

ㄹ의 해변에 닿았으면 좋겠구나

그 바다에서는 지루해하지 않기를 바라, 루꼴라

낙엽 아빠

낙엽이 낙엽 아래 눕듯
아빠는 나무 아래 얌전하게 묻혔을 거야
아빠를 잊지 말라고
겨울에는 가끔 뒤척였을 거야
백 년 동안 달의 목을 베었던 자가
말을 죽이고 나무 아래 말발굽도 같이 묻어서
눈보라 속에서 말발굽 소리 들렸을 거야
부엌에서 무쇠솥 가득 끓고 있는 돌멩이들
지붕 엄마는 제 뼈를 깎아 마지막 눈을 내리고
숯처럼 까맣게 탄 말발굽 소리를
허겁지겁 검은 솥바닥에서 긁어냈을 거야
이 도시의 모든 계단을 모아
미끄러운 밤을 만들던 아빠는
목소리가 귓속말처럼 점점 작아져서
지붕 엄마의 눈 속에 고요히 묻혀 있을 거야
돌아올 봄은 얼마나 무서운지
죽은 말발굽에서 싹이 트고
무쇠솥 가득 끓던 조약돌들이

새로 자란 나뭇가지에
수천의 아빠처럼 매달려 있을 거야

의자와 개가 있는 방

우리는 햇빛이 아니라 의자에 대해 이야기했다
창가에 놓인 채 비단 등껍질이 붉게 바래고 있는 의자

의자는 빛의 커튼 아래 두 마리의 개를 길렀다
의자는 문밖에 나간 적 없고
두 마리의 개는 의자의 무릎을 떠나 본 적 없다
창가에는 오직 다정한 속도로 길어지는 죽음만이

의자와 개의 수명은 같다
어떤 바람은 불멸을 깨닫고
어떤 나무들은 관이 되어 서 있을 때
모든 의자들의 생은 영원히 멈춰 있는 것이라고 말하
지만

누군가 먼저 하품을 시작하고
잎사귀의 혀들이 일으켜 세우는 바람과
광장의 촛불을 불어 끄는
먼저 넘어진 의자의 의식이 시작된다

햇빛이 14분의 1 각도씩 방향을 바꾸고
의자가 1밀리미터씩 왼쪽으로 자리를 옮길 때
두 마리의 개가 거기에 있었다

우리는 흘러가고 부서진 것들만 그리워하느라
그 창가에 새로운 과거가 생겨나는 것을 보지 못했다

감정의 발명왕

오늘 달걀 속에
노른자 대신 목요일이 들어 있다*
어제 달걀 속에는 수요일이 들어 있었는데
수요일 다음에 목요일이 오는 것은
우리들의 알 수 없는 습관

오래 두면 상하는 8월과
굴리면 깨지는 11월을 열심히 품어
감정의 발명왕이 될 수 있었던
에디슨이 말하길
네 달걀 속엔 지금 무엇이 있니?

못 보던 카레 접시가 눈앞에 놓여 있다
에디슨 감정을 떠올려 보려다가
실수로 보노보노의 줄무늬 조가비 빵을 떠올렸는데
이 카레 접시는 질문이 마음에 들지 않는다는 뜻

카레 가게 2층에 세 들어 살아 본 적 있니

나는 오늘 태어났는데 네가 어제 죽었다면
영영 우린 못 만난 사이
나는 카레 가게 2층에서 영영의 감정을
노란 얼룩처럼 식탁보에 남긴 적 있다

오늘의 에디슨 감정은
슬프고 달콤한 체리 냄새를 풍긴다
에디슨은 오래전에 죽었는데
아직도 굴러다니는 에디슨 달걀들
재빨리 에디슨 감정을 지나쳐 걷는다

무엇이 나올지 알 수 없지만
무엇이든 나오지 않은 적 없는
날실들을 폭죽 비 크니처럼 한 아름 들고

* 밀로라드 파비치, 『하자르 사전』.

어느 의사의 포테이토 헤드

진짜 감자를 찍었나 봐요
아주 오랫동안 꼼짝 않고 있어야 했을 거예요
사람은 감자가 아니라 힘들었을 거예요
외투를 입은 감자의 생각이
사진기를 뚫어지게 바라보고 있다

발명된 지 얼마 안 된 사진기로 의사는
감자 사진을 열두 시간에 걸쳐 찍었다
도시의 크기에 딱 맞는 지도처럼 감자의 일생이
한 장의 사진 속에 박혀 움직이지 않다가
외투를 벗고 돼지의 음식이 된다

감자는 자신이 감자인 줄 몰랐을 거예요
눈과 코가 있는 것처럼
구경꾼이 벗기다 만 감자의 생각이
저렇게 사진기를 뚫어지게 바라보고 있잖아요

꼼짝하지 않고 백 년을 기다리긴 힘들 거예요

신의 사진기 앞에, 기다리는 것에 서툰 우리는
두 개의 플라스틱 통을 앞에 두고
이 감자 껍질은 돼지가 먹을 거예요
식탁 아래 감자 껍질이 수북하게 쌓여 간다

불탄 자리의 시

당신의 시에는 생활이 없군요
지난밤 꿈속에서 본 산불이
한낮 야산에 옮겨붙어 번지는데
나는 꿈 이야기를 던진 것뿐 강한 바람을 타고 불씨가
봐요, 저기 생활이 불타고 있잖아요
낮의 진심은 밤에 있고
나는 꿈속 산불 같은 시를 쓴다
방금 이름을 부르고 돌아선 게 꿈만 같아서
망가진 우물 속에서 이끼 낀 대답을 가져오는 노인의
웅얼거림과
불탄 나무에 등을 기댔을 때
나무가 가져간 내 마음은 또 너무나 닮아서
불탄 자리의 시를 쓴다
밤새 웅크리고 잠들어 있다 다시 살아나는 꿈
새들이 나를 가져다 멀리 구름에 버릴 때
타고 토막 나고 부스러진
그 나뭇가지를 버리지 말아
나는 재 속에 떨어진 불을 다시 또 주워 담는다

정월

정월에 할머니는 좋은 꿈만 꾸라고
아버지 베개 아래 먹으로 돛을 그린 배를 넣어 두었다
엄마는 식구들 몰래 아버지가 사다 준
복숭아 통조림을 먹고 나를 낳았다
돛배와 통조림 빈 캔을 숨길 곳이 없어서 내 몸에 숨
겼다
할아버지는 눈이 나빠 알아보지 못했다
삼촌은 굴뚝 연기가 매워 알아보지 못했다
여자가 여자를 낳는 일은 아프고 신기해라
돛배가 돛배를 낳는 일도 외롭고 무거워라
몸속에서 가끔 그때의 소리가 나면
나는 또 핏빛으로 녹슨 할머니와 엄마를 원망하겠지
나는 앞으로 공기만 낳을래
내가 낳지 않은 아이기 공기처럼 나 모르게 커서
어느 밤 가로등 그림자처럼 현관을 두드린다
아들도 딸도 아닌 아이 손에
방금 땅에서 파낸 돛배와 녹슨 복숭아 통조림 캔이
그것만은 상상하지 않을래

몬스테라 아단소니

몬스테라 아단소니 어린잎이
줄기를 찢고 나오고 있었어요
자동차 후면경에 앉아 있던 녹색 사마귀는
시속 60킬로로 달려도 날아가지 않는데
달릴수록 더 단단하게
미끄러운 거울에 붙어 있는데
이 미끄럽고 막막한 공중
몬스테라 아단소니 어린잎이 내 눈앞에서
머리와 다리를 줄기 속에 박은 채
구겨진 허리만 겨우 펴는 중이었어요
태어날 때부터 찢어진 잎으로 나오는 것들의 마음이
따로 있는 것은 아니겠지만
반은 시들고 반은 새로 피고 있는
수국을 보면서도 알 수 없었던
모르겠어요 나는 단지 저
무성한 푸른 구멍들이 아름다울 뿐
뚫어지거나 파내어 빈틈이 생긴 자리
몬스테라 아단소니 어린잎의

미처 다 빠져나오지 못한 구멍을 잡아당기자

후면경 위 녹색 사마귀처럼

잡아당길수록 더 단단하게

구멍들이 구멍들을 붙들고 있었어요

계피를 줘

흐린 날엔 그림자 대신
기분의 이름을 붙인다
어제의 기분은 커민, 오늘은 계피
내게 계피를 줘
내 이름을 만드는 데 계피가 쓰였는지 모르는데
등 뒤에서 네가 나의 이름을 주문처럼 부르면
우리 집 뒤뜰에 중국 서커스단이 두고 간
향기로운 기분이 자라고 있다
아무도 바라보지 않는데 날고 있는 비행선
한배에서 내린 기분들이
천천히 자신을 공중에 퍼뜨린다
어떤 기분은 사과할 시간을 달라고 오래 조르고
자기 생각에 빠진 계피는
달의 기분을 향해 총을 쏜 후 달의 원주민을 떠올린다
다시는 오지 않을 것처럼
생각에 빠진 계피 계피
구름에 물들기 쉬운 창문과
흰 꽃들을 향해 짖는 개들

우리 집의 나무들은 뿌리를 옮기듯 천천히
보름달의 방향으로 걷는다
그리고, 그 후에도 오래도록 계피

목록

오늘 냉장고의 목록은

복숭아와 시골 캉파뉴, 잘 숙성된 구름과

차가울수록 쓴맛이 살아나는 유칼립투스 문장

냉장고를 거실 한가운데 놓아둔 이후

냉장고는 이 집의 심장처럼 뛰고 있다

심장은 더 이상 뜨거운, 이라는 수식어로 불리지 않

는다

정기적으로 차가움에 관한 형용사들을

냉장고 왼쪽 문에 자석처럼 붙여 두세요

냉기 전문가가 주의 사항을 말하고 돌아갔다

그는 지난겨울 너무 늦게 오는 첫눈 담당자였다

첫눈은 세상에서 가장 사랑받는 차가움이에요

우리는 눈 내리는 호수공원과 한여름의 복숭아 트럭을

6개월 동안 냉장고에 보관한 적 있다

후숙이 필요한 복숭아로 말하자면

우리는 사랑을 냉장고처럼 굳게 믿다가

복숭아처럼 한쪽 뺨이 썩어 본 경험이 있다

냉기 전문가는 과일 전문가보다 얼마나 스마트한 직

업인가요

　그럴듯한 반의어를 만드는 중인 오늘 냉장고의 목록은

　사랑과 빵과 복숭아가 삼위일체처럼,

　수분이 말라 가벼워진 빵과 썩어 버린 복숭아를 버

린 후

　유칼립투스 문장과 첫눈은 구름 다음 칸에 놓여 있다

　유능한 점술사처럼 우리는 먼 미래보다

　맹목적 차가움을 굳게 믿어 보기로 했다

철물점

철물점은 고요하다
철물점은 끝이 없다
철물점은 세일즈맨이 없고
고요한 것들을 사려고 사람들이 찾아온다

창문을 닫으려다 생각났어요
오늘은 철물들의 부활절
우리는 번호표를 들고 밤의 철물점에 모인다

엄마는 롤러코스터 중독자
나는 이별 전문가
우리 속 고릴라를 탈출시키려다
대신 동물원에 갇힌 아빠
우리는 각자의 무게에 알맞은 철물을 고른다
무쇠 꽃다발을 고른 남자는
처음 만난 유리 여자와 인사를 나눈다

모든 것이 철물점에서 다시 시작되었어요

갑자기 생긴 점처럼 가볍게 만나
아무 곳에나 금을 그은 후
무겁게 직진하길, 구멍 나지 않길
고래 등에 올라타려고 배의 갑판에서 뛰어내리지 않길
각자의 인사를 내려놓은 후 기약 없이 헤어진다

4부

연인과 연안의 어두움 구별하기

검은 결혼식

검은 연미복을 입고 그가 왔다 옆자리가 축축하게 젖
었다 물이 뚝뚝 떨어지는 입술로 젖은 연기를 꺼내 물었
다 나는 꺼지지 않는 손가락으로 불을 붙여 주었다 이
마가 뜨거워서 머리칼이 덩굴 식물처럼 오그라들었다
누군가 나를 꺼 주렴

그녀가 왔다 백 리 밖 먼 물속을 걸어 나와 타다 만 레
이스 커튼 아래 그녀는 내 옆에 누웠다 흐르는 물의 등
에 자꾸 손톱을 박는 작고 아름다운 불들, 나는 물방울
을 땀처럼 흘리며 뜨거운 불의 아랫배로 하염없이 굴러
떨어졌다

자도 자도 모자란 잠이 고무 튜브처럼 부풀고 있을
때 붉은 귓바퀴에 침묵 꽃피고 있을 때 아직 죽지 않은
영혼들이 들러리처럼 어제의 유리창에 매달린다 물과
불의 첫날밤, 차가운 옆구리에 뜨거운 팔을 올려놓으며
누군가 와서 우릴 그만 꺼 주었으면

곰

문을 열고 내가 들어올 때
곰의 머리를 가진 어둠이
나를 따라 들어왔네
몸집이 산더미같이 크고
숨소리 첫눈처럼 고요했네
그림자의 쥐들이 구석으로 흩어졌네
고음의 주파수를 흘리며
쓰레기통을 뒤지던 밤 고양이들도 사라졌네
내 등 뒤로만 걸어서 알아채지 못했네
깔개와 바닥 아래로만 스며서
거울을 앞에 두고도 볼 수 없었네
등허리를 펴고 높이 치켜올린
어두운 발톱이 공중에서 으르렁거렸네
냉장고를 쓰러뜨리고
차갑게 밀봉해 둔 감정들을 뜯어 발겼네
젖은 책처럼 차곡차곡 쌓아 둔
나쁜 꿈을 꿀처럼 빨았네
그 억센 발톱 어디서 왔는지

나는 옷장에 숨어 다 보았네
가까이 다가왔을 때 나는 덜덜 떨었지만
왼발을 걸어 쓰러뜨리라던
마법의 문장은 나타나지 않았네
한여름에 겨울잠을 자는
이상 행동의 유라시아불곰이
긴긴밤을 네 개의 식탁 다리에 묶어 놓는 동안
텔레비전 뉴스 속에서
곰의 행방을 찾고 있었네

중국식 원탁

오늘 너를 위해 불행한 일을 준비했어*
중국식 원탁을 돌리자
이것은 또 누구의 사다리더라
앞이 아닌 옆을 너는 궁금해하고 있다
'지금 가고 있어요'를
'저 금 가고 있어요'로 잘못 읽는 것처럼
지붕을 기다리는 사이에
모래와 자갈이 섞인 비가 온다
이제 새롭고 튼튼한 마당을 발명해야지
내게는 금 간 이야기가 하나 있고
몇 개의 상징을 모두 그려 넣고 나면
더 이상 손에 남는 게 없는 질 나쁜 원탁이 있다
의자보다 먼저 태어난 사람처럼 앉아
서로를 퉁기고 끌어당기는 옆자리의 담화를 경청한다
평풍처럼 오가는, 나는 그러면 안 돼
그러면 기분이 좋아질 테니까
하찮은 불행을 더 많이 준비해야 할지 모르니까
타투 숍에 가서 가장 아픈 부위가 어디인지 묻는 사

람에게
끄덕은 부정
가로저으면 긍정
알바니아식으로 타투이스트는 대답했다
중국식 원탁을 힘껏 돌리자
다시 돌아와 멈추는 사다리
오늘 너를 위해 불행한 일을 준비했어
앞이 아닌 옆을 너는 궁금해하고 있다

* 영화 〈부바〉에서.

욕조에서 익사한 강박증 남자의 영원한 화요일 오후

꿈속의 아이를 꽉 끌어안는다 근심이 예쁘게 자랐구나 처음 핀 꽃잎이 떨어지자 아이가 눈사람처럼 죽는다

모자도 없이 사람들이 몰려든다 바람이 조용한 흙을 불어 발자국을 만든다 나는 슬리퍼를 벗고 커피 물을 올려놓는다

아침이라고 하기에 너무 긴 아침이 온다 48시간 전, 그리고 150년 후의 시간에 회색 풀들이 회색 꽃들을 자꾸 피운다

처음 핀 꽃잎이 떨어지자 눈사람처럼 내가 죽는다 불위에 올려놓은 커피 물이 끓기 시작한다

모든 영혼에겐 저만의 천국이 있고 나는 1963년 욕조에서 익사한 강박증 남자의 영원한 화요일 오후를 사랑한다

슬리퍼들이 물고기처럼 헤엄쳐 다닌다 미끄러지지
않으려고 조심하면서

아침이라고 하기에 너무 조용한 아침이 온다 회색 꽃
들이 회색 풀들을 자꾸 흔들어 깨운다

시의 깊이

내 이름은 아버지가 지어 주었다
아버지는 죽고 이름은 아직 내가 갖고 있다
자음 하나 때문에 이름을 착각한 대학 선배는
여러 번 잘못 전화를 하고도 사과하지 않는다
나오지 않은 첫 시집을 칭찬받던 나는
그가 알콜릭일까 네임 홀릭일까 생각했다
'시의 깊이'는 누군가 십 년 전에 내게 준 것

내가 받은 것들,
나는 그것으로 충분하다
입구가 무너진 터널 속에서
마지막 남은 오렌지 껍질을
까지 않고 있는 것
서가 아래 시의 깊이가
아직도 혼자 꽂혀 있는 것

뼈 톱이 우는 계절이었다

오월이었다 꿈속이었다
흰 뼈 톱이 사슴뿔을 자르는 계절이었다
머리 검은 여자는 피만 보면 슬프게 울었다
누가 밤새 저렇게 많은 뿔을 키웠을까
잘라낸 사슴뿔 위로 초록 선혈이 흘렀다
제 몸보다 큰 뿔들을 매달고 사슴 닮은 계절이
자작나무 흰 허벅지에 가려운 뿔을 비볐다
오월이었다 뼈 톱이 우는 계절이었다
여자가 만진 이끼와 돌과 나뭇가지 들이
차오르는 알집처럼 부풀어 올랐다
흰 뼈 톱이 울었다 살찐 강물이 울었다
백 리 밖 먼 곳에서
아직 도착하지 않은 구름이 울었다

북쪽으로 가는 버스를 탔다

　아무도 모르게 북쪽으로 가는 버스를 탔다 내일이 온다는 소식은 벌써 당도해 있었다 목요일의 달빛에서 수요일의 강변으로 금요일의 바람에서 일요일의 덤불로, 북쪽은 세상 모든 길목 어귀의 단어였다

　구름의 뼈가 점점 가벼워졌다 줄기보다 꽃이 먼저 어두워지는, 시절의 가장 아름다운 높이에서 북쪽이 시작되고 있었다

　다가설 듯 멀어지는 북쪽, 버스는 줄곧 햇빛 속을 달렸다 오후는 터널처럼 어둡고 희미했다 밤을 밝힐 만큼 충분히 어둠이 쌓이면 달의 언덕이 우리를 흰 강가로 데려갈 거야

　오늘이 내일의 팔을 자르고 모레의 손을 자르고 두 발만을 남겨 둔 채 사라져 버렸다

　북쪽으로 뻗은 나뭇가지들이 가늘어진 손가락으로

제 몸의 나이테를 읽었다 이 금에서 내가 태어났어요
이 금은 내가 죽은 곳이죠 시간의 코르크가 뽑히고 모
래 강변에 발자국들이 가득했다 누군가 내 이름을 세
번 불렀다

　얼굴 흰 달이 뜨자 북쪽도 버스도 사라지고 없었다
길은 끝났지만 더 먼 곳에서 북쪽이 시작되고 있었다

비상시를 위한 기분

비상시를 위한 기분을 준비해야겠어
자꾸 늘어나는 기분들의 방
책날개가 끼워져 있는 1444년의 기분 속엔
'제아미가 죽자 젠치쿠는 장인이 작곡했던 것보다
더 어두운 노能를 쓰기 시작했다'*
기분이 심장을 누르기 시작한다
내가 꿈에서 갔던 곳은 향교였던가 극장이었던가
입구에 기분을 맡기고
기분은 기분에 물들기 쉽습니다
오래된 기분에게 씌지 않도록 주의하세요
나를 향해 다가오는 얼굴은 탈처럼 표정이 없고
그러고 보니 저 기분은
건물 꼭대기에서 나를 바닥에 떨어뜨린 적 있다
이분법적으로 명쾌해진 기분이
나의 손을 놓고 군중 속으로 사라진다
이 순간이 상상이 아니라면 나는
저 기분을 마음껏 미워해도 된다
몇 달 동안 꼼짝하지 않은 기분으로 문을 열었다 닫

으면
　　창밖 감나무 가지가 두 뼘이나 더 자라고
　　구겨진 휴지와 찻숟가락과 붉은 소방차 그림 같은
것들
　　모두 다 있는데 그날의 기분을 찾을 수 없다
　　찾을 수 없는 기분과 새로 생긴 기분들이 자꾸 늘어나
　　미로처럼 뻗어 가는 방
　　방을 옮길 때마다 이 방은 다른 기분이야
　　오늘은 사라진 감나무 가지에 다른 새가 와서 운다

* 파스칼 키냐르, 『심연들』.

연인

연인은 연안과 닮은 물결이어서
검은 돌의 가장자리에 다정한 거품이 인다
이것은 어쩌면 가장 밝은 맛의 그림자
어둠의 함유량에 따라 달라지는 잘 익은 이별

옛 노래를 총으로 겨누자 달콤한 입들이 날아오른다
너무나 천천히 늙는 바람에
세상 모든 밤을 트렁크에 넣고 다니는 공중과
저 바위 높은 곳에 그가 있어요
보이지 않는 별을 손가락으로 가리키는

유리 설탕처럼 반짝이는 아이들
단맛과 짠맛이 나는 여행지를 지나
아이들은 멀어져 간다
아이들은 커서 뭐가 될까요
연인과 연안의 어두움을 구별하게 될까요

밤의 말 등에 홀로 앉아서 검은 비누로 흰 몸을 씻는

너는 시야가 치마처럼 펄럭인다

죽은 마루를 뚫고 솟아오르는 지난 크리스마스 양
말들

가만 앉아만 있는데도 획획 바뀌는 나의 공중들

연인은 연안과 닮은 물결이어서

검은 돌의 가장자리에 다정한 거품이 인다

너는 엄마의 그릇들과 혼자 남을까 두렵고

나는 새어 나오는 빛을 떨리는 손으로 틀어막고 있다

복숭아의 저녁

우린 복숭아를 먹어요

코끼리가 풀을 먹듯 표범이 가젤을 먹듯 가젤이 뜀박
질을 먹듯
뜀박질이 초원을 먹듯 초원이 다시 코끼리를 먹듯

자라서 스스로 성별을 바꾼 저녁과 모두 암컷으로
태어난 복숭아
매달렸던 가지의 감정으로 식탁에 앉으면

복숭아는 공중 정원의 둥글고 작은 물그릇 같고
당신은 속을 긁어내지 않은 달을 접시에 놓고 오랫동
안 망설이는 저녁이라 했죠

말을 탄 자가 달을 벤 자리에 어린나무를 심고
한 줄기 석양이 뒷머리를 때릴 때

우린 복숭아를 먹어요

여자의 왼손이 웃는 그림자를 먹듯 웃는 그림자가 초
록 색종이를 먹듯

초록 색종이가 굴러가는 오렌지를 먹듯 굴러가는 오
렌지가 다시 여자의 왼손을 먹듯

배턴 터치

15층 난간에서 롤러브레이드 타는 소녀는 내가 나를 떨어뜨리는 게 뭐가 나빠요 수직의 바람을 이등분하는 비행기가 되고 싶을 뿐

흐린 거울 앞에서 러시안룰렛을 흉내 내는 소년은 눈을 뜬 채 물고기 꿈을 꾸는 게 뭐가 나빠요 만질 수 없는 꿈의 넓은 살갗이 되고 싶을 뿐

다만 미끄러지기 위해 별들은 우주의 난간으로 모여든다 이것은 아무도 싫다고 말할 수 없는 게임

15층 난간에서 뛰어내린 소녀는 15층 높이만큼 뛰어오르는 중이고 감히 달까지 뛰어오른 사람은 없었지

붉고 둥근 달이 뚜껑처럼 열렸다 닫히고 우리는 약속된 총소리를 기다린다

좁은 난간에 발자국을 벗어 놓고 새들은 이편에서 저

편으로 날아가며 무한의 그림자를 눈썹처럼 떨어뜨리
는 게 뭐가 나빠요

　주차장은 비었다 채워진다 다른 번호판으로

꿈 도둑 플로이드 씨

오래전 플로이드 씨는 남의 꿈 천 편을 팔아넘기고 도
망쳤지 플로이드 씨가 키우던 아홉 마리 고양이가 창문
밖에서 기다리네 먹다 버린 악몽을 냉큼 물어 가려고

어제가 한 접시의 잠 위에 즙 많은 오렌지색 오늘을
굴릴 때 꼭꼭 숨은 플로이드 씨 술래가 된 플로이드 씨
가 창문이 거울이 되는 시간을 꽃다발처럼 보내오네

이곳은 울음소리가 잘 깨지는 나라 거꾸로 매달린
꽃들이 모래알과 깨진 유리컵을 불어 가로등을 만드네
이백 년 동안 꿈 도둑이었던 플로이드 씨는 튼튼한 폐활
량을 자랑했지 세상 모든 꽃들의 항문을 둥근 입술로
힘껏 불어 주었네

꿈의 도가니는 아무리 끓어올라도 달빛의 온도를 넘
지 못하고, 작은 유리공 속 큰 유리공처럼 플로이드 씨가
부풀어 오르네

입이 본 적 없는 항문을 닮아 있듯 플로이드 씨는 폐
곡선을 닮았지 리모컨을 누르자 켜진 적 없는 악몽 하
나가 반짝 켜지네 어둠을 실꾸리처럼 굴리며 아홉 명의
플로이드 씨가 창문 밖에서 기다리네 먹다 버린 악몽을
냉큼 물어 가려고 야옹,

나무는 나뭇잎 속으로 걸어 들어가고

처음 찍은 발자국이 길이 되는 때 말의 반죽은 말랑 말랑할 것이다 나무는 나뭇잎 속으로 걸어 들어가고 쏙 독새는 온몸으로 쏙독새일 것이다

아랫도리를 겨우 가린 여자와 남자가 신석기의 한 화 덕에 처음 올려놓았던 말 발가벗은 말 얼굴을 가린 말 빵처럼 향기롭게 부풀어 오른 말 넘치고 끓어오르는 말 버캐 앉는 말 빗살무늬 허공에 암각된 말

처음 만난 노을을 허리띠처럼 차고 만 년 전 바람이 만 년 전 숲에서 불어온다 뒤돌아보는 여자의 열린 치맛 단 아래 한 번도 씻지 않은 말의 비린내 훅 끼쳐 온다 여 자가 후후 부풀린 불씨가 쏙독새 울음소리에 옮겨붙는 다 화덕 앞에 쪼그린 아이들 뜨겁게 반죽한 새소리를 공깃돌처럼 굴리며 논다 진흙 같은 노을 속에 층층 켜켜 찍히는 손가락 자국들

귀먹은 아이는 자꾸 흩어지는 소리를 뭉치고 굴린다

깊고 먼 어둠을 길어 올려 둥글게 반죽한다 천 개의 나
뭇잎들이 천 개의 귀를 붙잡고 흔드는 소리, 목구멍 속
에서 쏙독새 울음소리가 허공을 물고 터져 나온다

　바람이 석류나무 아래서 거친 숨결을 고르자 처음부
터 거기 살고 있는, 아직도 증발하지 않은 침묵의 붉힌
알몸이 보인다 나무는 나뭇잎 속으로 걸어 들어가고 쏙
독새는 온몸으로 쏙독새인 그 길이 보인다

솔솔 솔바람

나무 위 솔솔 솔바람이 작업반장 김 씨의 안전모 위로 떨어졌지 깜짝 놀란 김 씨의 심장이 솔솔 솔바람을 꿀꺼덕 삼켰지 김 씨의 고혈압과 함께 저녁 지하철에 탔지 심장 속에서 잠자던 눈물과 솔솔 솔바람을 소매치기가 훔쳐 갔지 빈 지갑처럼 쓰레기통에 버렸지 눈물은 지하철 잠쥐에게 한쪽 뺨을 뜯어 먹혔지 뺨이 뜯긴 눈물이 솔솔 솔바람을 조금 흘렸지 검은 비닐봉지가 솔솔 솔바람을 가득 담아서 쓰레기 수거차에 던졌지 바람보다 빠르구나 자동차들은, 코가 빨간 장갑이 와서 솔솔 솔바람을 풀어 헤쳤지 그곳은 냄새 깡패들의 천국, 솔솔 솔바람을 때려눕히고 냄새 깡패들이 달아났지 헝클어지고 틀어진 솔솔 솔바람은 멀리 있는 작은 나무 한 그루를 보고 눈물 인사를 했지

리을의 해변을 향한 실존의 발자국

이병국

리을의 해변을 향한 실존의 발자국

이병국(시인, 문학평론가)

*

조혜정 시인의 첫 시집 『리을의 해변』에 닿는 우리의 감각은 알 수 없는 불안으로 말미암아 정동적 동요 affective fluctuation를 경험하게 된다. 표제에 해당하는 시 「루꼴라」에서 시인은 '루꼴라'라는 "영양이 풍부한 서양 채소 이름"을 "ㄹ로 내가 만든 아름다운 물고기"의 부드러운 호흡으로 전이시킨다. 이는 유음 'ㄹ'이 지닌 경쾌함과 맞물려 "과민하고 즐거운 상상"으로 확장되며 "바다"로 뻗어 나간다. 그곳에는 "같은 리듬으로 헤엄치는 사람들이 있"어 그 어떤 위험이나 갈등이 침입하지 않을 것만 같다. '루꼴라'라는 단어의 어감에서 비롯된 시적 정동의 흐름은 기분 좋은 나른함으로 시 전반을 아우르며 충만한 안온함에 들게 한다. 그러다 문득 멈칫하게 되는 순간이 있다. "헤엄치는 사람들이 무사히/ㄹ의 해변에 닿았으면 좋겠구나"라는 바람과 "그 바다에서는 지루해하지 않기를 바라"는 화자의 목소리가 들리는 순간, 그 누구도 "ㄹ의 해변"에 닿을 수 없으리라는 불안과 그 바다에서조차 지루함을 이겨내지 못할 거라는 어떤

118

권태가 상기되기 때문이다. 시인이 형상화한 부드럽고 나른한 세계에 속해 유영하는 일은 즐거울 것이리라. 그러나 한편에서 이 "즐거운 해변에 놓아"둔 이름이 얼룩 혹은 '반점'처럼 느껴지는 이유는 무엇일까.

이를 알기 위해서는 시인이 상상한 'ㄹ의 해변' 바깥에 실재하는 불안을 들여다볼 필요가 있다. 이는 존재가 지닌 상징적 의미 체계를 적확한 언어로 마름질할 수 없는 불안정한 위치에 우리가 놓여 있기 때문인지도 모른다. 그곳은 계산될 수 없는 의미의 공백이라서 우리는 현실을 초과하는 실재 속에서 결여된 존재로 머무르게 된다. "비둘기와 돌 사이, 별과 벌 사이, 비행기와 바나나 사이/누군가를 부르는 외침과/횡단보도에 멈춰 떨어지지 않는 이상한 발걸음 사이"에 놓인 존재는 "끝없이 회전하다 백주대낮 반대편에 멈추는 회전문"에 갇힌 것처럼 자신이 점유하고 있는 장소를 조망하지 못한다(「바나나」). 그리하여 존재는 오로지 "멀리 있는 날씨를 상상할 때만 살아 있는 것 같"(「링로드 빙하 여행 가이드」)은 기분을 향유한다. 물론 이러한 정동적 동요의 원인을 "뇌의 주름 속 반점 때문"이라고, 신체적 질환으로 전가하여 불안의 실체를 정의 내릴 수도 있고, 걸려 오는 전화를 받지 않아 "누군지 영원히 알 수 없"는 미망迷

흙을 "모르는 것의 아름다움"으로 기만하여 발화할 수
도 있다(「바나나」). 그러나 이는 감정적 회피에 불과하여
"더욱 넓어지는 반점들"(「바나나」)을 더는 어찌할 수 없
는 상황으로까지 존재를 내몰리게 한다. 이러한 정황 속
에 놓인 '나'의 이름은 "눈사람처럼 둥글게 녹아내리"며
"아무 데로나 흘어"질 따름이라서 "나는 우리가 없어서
나누어 줄 기분이 없다"고 말할 수밖에 없는 처지가 되
고 만다(「세계기분장애학회」).

> 없는 의자에 앉았습니다
> 없는 등받이
> 없는 팔걸이
> 없는 사람이 되었습니다
> 없는 팔다리
> 없는 눈 코 귀
> 없는 의자는 없는 사람과 같은 질문인가요
> (중략)
> 없는 의자가 열심히 앉아 있어도 되는 걸까요
> 검은 머리가 백발이 되도록 걸어가도
> 의자는 의자에 닿을 수 없습니다
> 없는 사람은 없는 의자와 같은 대답인가요

없는 의자에 앉았습니다

없는 등받이

없는 팔걸이

없는 사람이 되었습니다

—「없는 의자」 부분

　기분을 상실하고 녹아내리는 이름을 지닌 존재는 자신의 실존을 어디에서도 구하지 못하기 마련이다. 그리하여 존재는 자신을 상실한 채 그 무엇과도 관계를 맺지 못하는 비의悲意에 휩싸인다. 조혜정 시인은 비의의 존재를 내세워 부재를 응시하며 심층에 자리한 비가시적 욕망을 다른 가능성으로 전유하고자 한다. 인용한 「없는 의자」의 시적 화자가 그러하듯 "없는 의자"는 의자를 부정하는 동시에 비가시적인 방식으로 의자의 형상을 재구축함으로써 특정한 신분이나 지위, 혹은 위치로 규정되지 않는 존재의 양태를 재정립하고자 한다. 등받이도 팔걸이도 없는, "없는 의자"는 의자가 수행해야 하는 기능의 부정을 의미하는 동시에 존재를 외형적인 무엇으로 판단하는 세계의 인식론적 틀을 현시함으로써 세계로부터 소외되고 삭제된 이들을 가시화한다. "팔다리"와 "눈 코 귀"와 같은 신체의 부재는 그것이 기능할 것이라고 상상되는 어떤 기대를 부정하며 실존을 축소, 또는 삭제하며 의문에 부친다. 이 알레고리적 상징은 참된 자아와 실존의 양태를 물화된 방식으로 사유하는 세계의 부조리를 폭로한다.

의자의 등받이나 팔걸이는 사람의 팔다리와 눈, 코, 귀와 마찬가지로 존재의 바깥과 관계하며 의미를 확장하는 데 기여한다. 그것은 세계를 응대하는 수단으로 자리매김하고 그로부터 구체적 감각을 획득하여 주체와 타자를 포용하고 환대하는 마음으로 전유된다. 그러나 이를 '없음'으로 비/가시화하는 순간 포용과 환대의 가능성은 사라지고 "검은 머리가 백발이 되도록 걸어가도" "닿을 수 없"는 무기력만을 경험하게 된다. 그럼에도 시인은 이에 좌절하거나 절망하지 않는다. 오히려 '없음'을 전략적으로 수용하여 부정을 긍정하며 부재를 현존의 실천 위에 둠으로써 잠재성의 자리로 존재를 끌어올린다. 들뢰즈식으로 말하자면 조혜정 시인이 보여 주는 '없음'의 사유는 '기관 없는 신체'로 표상되는 생성의 힘을 가시화하는 한편 "없는 의자에 앉"는 구체적 수행을 통해 '없음'을 다른 무엇이든 될 수 있는, 다른 무엇과 결합할 수 있는 '-되기'의 잠재적 가능성과 이를 현실태로 전환하려는 모험을 감행하는 것이라 할 수 있다.

'없는' 의자의 잠재성은 「나무의 창세기」를 통해 신이 제일 먼저 만든 것이 의자이며 그리하여 "첫째 날의 의자에 앉아 세상 끝 날을 만들었다"는 시인의 발화를 거쳐 의자가 "모든 끝 날의 아버지이자/첫째 날의 형제"의 위치에서 "세상 감옥의 문을 활짝 열어젖"히는 일을 가능케 한다. 부정을 재부정함으로써 현존재의 가능성을 깊고 섬세하게 통찰하는 조혜정 시인의 사유가 빛나는 지점이다. 나아가 시인은 「하우스 씨 나무」에서 언급하다시피 이 의자를 "세상에서 가장 오래된 나무등치 속에서 혼자 자라고 있"는 것으로 보고 그 본질을 나무 안에서 꺼내는 구체적 수행과 그렇게 꺼내진 의자에 앉아 의자라는 존재가 자라는 시간을 감각하며 관계 맺는 일련의 과정을 통해 "아름다운 결말"을 지향할 수 있어야 한다고 말하는 듯하다. 소외되고 은폐된 존재를 지금 이곳의 삶으로 이끌어 시간을 나누는 실천에의 요청, 그것이 지금 우리에게 필요한 삶의 지향이자 "더욱 넓어지는 반점들"(「바나나」)로부터 우리 자신을 구원하는 일이 될 것이라고 조혜정 시인은 분명한 어조로 이야기한다.

*

그럼에도 우리는 너무 쉽게 "나아가는 대신 가라앉기를 선택"(「가라앉는 배」)하는지도 모르겠다. 조혜정 시인이 형상화하는 시적 사유의 안쪽에서 "마음이 사과보다 돌들을 닮는 건/가장자리부터 외로워지는 얼룩의 효과"(「사과의 저녁」)라고 생각하며 막막한 기분에 휩싸이기 때문이다. 시인이 이야기하듯 어쩌면 "우리는 흘러가고 부서진 것들만 그리워하느라/그 창가에 새로운 과거가 생겨나는 것을 보지 못"(「의자와 개가 있는 방」)하고 있는 것인지도 모른다. 다른 가능성을 모색하기보다 주어진 생에 영원히 멈춰 스스로를 고착화하는 방식으로 노쇠해 가는 삶이 지금 우리가 외면하고 있는 삶의 실재임을 조혜정 시인은 주지시킨다. "무엇이 나올지 알 수 없지만/무엇이든 나오지 않은 적 없는"(「감정의 발명왕」) 나날의 삶을 부정하고 "먼 미래보다/맹목적 차가움을 굳게 믿"(「목록」)으며 환멸을 살아가는 것에 익숙한 방식에 시인은 예리한 언어로 균열을 낸다.

불 꺼진 엘리베이터에서
갇힌 캄캄함 속에서
우린 지금 어디로 가는 걸까요
지하층으로 내려가나 봐요
바닥 말고 위를 비춰 봐요

방향 감각이 없는 우리에게

수직은 오히려 행운이죠

전진과 후진을 무시해도 좋아요

불빛이 흐려지고 있는 플래시를 들고

더듬더듬, 그런데 문이 보이지 않아요

문을 두드리겠습니다

문을 가져다주세요

우리의 시간이 아래로 아래로만

한때 담배 연기 같은 순간을 맛보기도 했지만

굴뚝은 더 멀어졌습니다

우리는 산 채로 엘리베이터에 매장된 사람들

(중략)

수직으로만 내려온 우리에게

낭독을 기다리는 귀에게

절대 서정은 멀었습니다

문을 가져다주세요

문을 부수겠습니다

—「엘리베이터」 부분

조혜정 시인의 시적 언어는 존재의 현존을 부정하는 세계를 다시 부정하며 새로운 가능성을 응시하려는 노력을 기울인다. 인용한 「엘리베이터」에서 존재는 "불 꺼진 엘리베이터"에 갇혀 "우린 지금 어디로 가는 걸까요"라고 묻는다. 삶의 방향을 상실한 존재는 "갇힌 캄캄함 속에서" "지하층으로"의 전락을 두려워한다. 이때 시인은 "바닥 말고 위를 비춰" 보라고 제안한다. 역설적이게도 "방향 감각"을 상실한 존재에게 "수직은 오히려 행운"이라는 것이다. "전진과 후진을 무시해도 좋"다는 시인의 전언은 강제된 삶으로부터 벗어날 수 있는 순간을 "방향 감각"의 상실에서 비롯된 기회라고 보는 듯하다. "불빛이 흐려지고 있는 플래시를 들고/더듬더듬"댈 뿐이더라도 말이다. 물론 어둠 속에서 보이지 않는 문을 찾는 행위는 참담한 실패의 순간으로 삶을 각인시킬 수도 있다. 그러나 방향을 상실한 채 고립된 저 캄캄함은 끊임없이 앞으로 나아가야 한다는 자기 계발의 신화가 야기하는 자기 분열의 상처와 고통에 맞서 성찰의 계기를 마련케 한다. 이러한 성찰은 안타깝게도 "수직으로만 내려온 우리"의 현재 위치를 아프게 인식하도록 이끈다. 훼손된 존재로서의 자기 성찰, 그것은 외롭고 고단한 삶의 무게와 어둠에 내몰린 채 소외된 존재의 자리를 감당해야 하는 것으로 이어진다. 그런 우리에게 조화와 화합의 "절대 서정은 멀"기만 하다. 이러한 생각을 뒤엎기라도 하듯 시인은 '없는' 문일지라도 벽을 두드려 '다른' 문을 만들어 그것을 부수고 나아가려는 의지를 다진다. "제 안으로 지워지는" 존재가 "'검은'을 남겨 두고" 밤을 열고 나가는 것처럼(「'검은'을 남겨 두고」) 조혜정 시인은 부정을 부정하면서도 부정된 존재의 새로운 가능성을 모색하며 그 앞에 놓인 문을 열어젖히는 걸 넘어 부수어 버리겠다는 강렬한 정념을 우리에게 전한다.

그럼에도 시인은 존재의 현존을 "가장 외로운 언덕에 자두나무를 심"어 "외롭고 붉은 그늘"을 키워야 하는(「자두나무 전정」) 것으로, "불타고 있"(「불탄 자리의 시」)는 생활에 치여 "하찮은 불행을 더 많이 준비"하며(「중국식 원탁」) "깨진 두부처럼 썩어"(「두부 만들기」)가는 것으로 가시화하기도 한다. 비루하고 황폐한 실존을 들추어내는 조혜정 시인의 시적 형상화가 벤야민이 이야기하듯 유기적 총체성의 신화가 아름답게 윤색된 허구적 가상임을 분명히 드러내는 수행처럼 보이는 것은 이 때문이다.

오랫동안 저 혼자 무거워진 가방 속 바람을 버리고

아프지 않고 다치지 않은 봄의 영혼을 버리고

나무의 여름의 어두운 그림자를 버리고

삼백 개의 계단을 내려왔을 뿐인데

비의 잠을 깨우는 문들의 방을 버리고

선로를 바꾸고 있는 철길 위해서

잠시 두근거리다 출발하는 달의 열차처럼

스무 번의 이사에도 잊지 않고 간직했던 겨울 햇빛의

각도와

열병의 밤을 읽던 지붕 밑 계절을 버리고

　　　　　　　　　　　　　　　—「북향집에서」 부분

　아무도 모르게 북쪽으로 가는 버스를 탔다 내일이 온
다는 소식은 벌써 당도해 있었다 목요일의 달빛에서 수요
일의 강변으로 금요일의 바람에서 일요일의 덤불로, 북
쪽은 세상 모든 길목 어귀의 단어였다

　(중략)

　얼굴 흰 달이 뜨자 북쪽도 버스도 사라지고 없었다 길
은 끝났지만 더 먼 곳에서 북쪽이 시작되고 있었다

　　　　　　　　　　　　—「북쪽으로 가는 버스를 탔다」 부분

조혜정 시인이 떠난 '북쪽'이 무엇을 의미하는지 알 길은 요원하다. 다만 "북쪽은 세상 모든 길목 어귀의 단어"라는 점을 고려한다면 그곳은 허구적 가상이 침범하지 않은 존재의 실존을 따뜻함으로 어루만져 주고 위로해 주는 곳임이 분명하다. 그러나 우리가 오해하지 말아야 할 것은 조혜정 시인이 향한 북쪽이 모든 갈등을 봉합하는 상상적 장소는 아니라는 점이다. 그곳은 모든 것을 포용하는 기만적 만용이 아니라 "저 혼자 무거워진 가방 속 바람"과 "봄의 영혼", "어두운 그림자"를 비롯하여 "잊지 않고 간직했던 겨울 햇빛의 각도"와 그 무언가를 향한 "열병의 밤을 읽던 지붕 밑 계절을 버"린 이후에 엿볼 수 있는 희미한 공간이다. "비어 있는 화분에도 아무 씨앗이나 날아와 잘 자라는 볕 좋은 생애"(「북향집에서」)이기를 바라지만, 기실 우리의 삶은 "오늘이 내일의 팔을 자르고 모레의 손을 자르고 두 발만을 남겨 둔 채 사라져 버"(「북쪽으로 가는 버스를 탔다」)린 비참에 있는 것인지도 모를 일이다. 그것을 견디고 감낭해야만 하는 지속적인 비극 속에서 우리가 취할 수 있는 존재론적 기투가 있다면 그것은 현실적 시간의 마디들이 우리 몸에 새긴 '반점'들을 응시하며 하루하루를 긍정하는 데 있을 것이다.

그러나 삶에 대한 섣부른 긍정이 자칫 서툰 봉합으로 이어져서는 곤란하다. 그런 이유로 시인은 "길은 끝났지만 더 먼 곳에서 북쪽이 시작되고 있"다고 전한다. 삶의 여정은 길 위에서 이루어지는 것이 아니라 길이 끝난 그곳에서부터 비로소 다시 시작하는 것이라는 점을 말이다. 그리하여 우리는 "어떤 풍경에도 흔들리지 않고/격렬하게 결합하지도 않고"(「아르곤」) 살아가는 일의 어려움을 새삼 느끼게 된다. 기존의 세계를 찢고 나온 몬스테라 아단소니의 어린잎처럼 "뚫어지거나 파내어 빈틈이 생긴 자리"에서 비롯된 빈 공간이 주는 고통을 앓기만 할 것이 아니라, "이 미끄럽고 막막한 공중"(「몬스테라 아단소니」)을 단단하게 붙들며 악착같이 버티는 마음으로 새로운 가능성을 모색하는 일의 어려움을 말이다.

*

조혜정 시인은 의뭉스럽게도 "비상시를 위한 기분을 준비해야겠"(「비상시를 위한 기분」)다고 말한다. 황폐한 실존을 살아가는 존재가 신속하게 대처해야 할 뜻밖의 긴급한 사태인 '비상非常'은 그리 특별한 일이 아닐 것이다. 오히려 저 구절은 "찾을 수 없는 기분과 새로 생긴 기분들이 자꾸 늘어나/미로처럼 뻗어 가는 방"(「비상시를 위한 기분」) 혹은 혼란스러운 현실의 연속에서 벗어나고자 하는 '비상飛上'에의 의지에 가깝다. 그것은 "만질 수 없는 꿈의 넓은 살갗"을 지닌 채 "이편에서 저편으로 날아가며 무한의 그림자를 눈썹처럼 떨어뜨리"는(「배턴 터치」) 순간을 기다리며 "입구가 무너진 터널 속에서/마지막 남은 오렌지 껍질을/까지 않고 있는 것"(「시의 깊이」)과 같다. 나아가 생존을 위해 최후의 방편으로 아껴 두는 마음으로서의 기분을 준비하는 것이라 말할 수도 있겠다. 또한 이때의 '시'는 시時가 아닌 시詩의 의미를 내포한다. 이는 문학이 응시해야 하고 표상해야 하는 대상이 어디에 있는지를 분명하게 제시하며 세계에 어떠한 영향력도 미치지 못하는, 그리하여 세계로부터 인정받지 못하는 황폐한 실존을 사유함으로써 주체의 가능성을 새정립하고자 하고자 하는 능동적이고 문학적인 실천의 예비라 할 수 있다.

처음 찍은 발자국이 길이 되는 때 말의 반죽은 말랑말랑할 것이다 나무는 나뭇잎 속으로 걸어 들어가고 쏙독새는 온몸으로 쏙독새일 것이다

아랫도리를 겨우 가린 여자와 남자가 신석기의 한 화
덕에 처음 올려놓았던 말 발가벗은 말 얼굴을 가린 말 빵
처럼 향기롭게 부풀어 오른 말 넘치고 끓어오르는 말 버
캐 앉는 말 빗살무늬 허공에 암각된 말

(중략)

귀먹은 아이는 자꾸 흩어지는 소리를 뭉치고 굴린다
깊고 먼 어둠을 길어 올려 둥글게 반죽한다 천 개의 나뭇
잎들이 천 개의 귀를 붙잡고 흔드는 소리, 목구멍 속에서
쏙독새 울음소리가 허공을 물고 터져 나온다

바람이 석류나무 아래서 거친 숨결을 고르자 처음부
터 거기 살고 있는, 아직도 증발하지 않은 침묵의 긁힌 알
몸이 보인다 나무는 나뭇잎 속으로 걸어 들어가고 쏙독
새는 온몸으로 쏙독새인 그 길이 보인다
　　　　　　　　—「나무는 나뭇잎 속으로 걸어 들어가고」 부분

조혜정 시인이 지닌 시적 지향의 귀착점을 무엇이라
고 해야 할까. 황폐한 실존을 야기하는 부정적 세계의

불안으로부터, 그 정동적 동요에서 벗어나고자 '비상시飛上詩'의 실천을 예비하며 'ㄹ의 해변'에 닿기를 상상하는 것만으로는 충분하지 않을 듯하다. 앞에서 읽은 것처럼 시집 『리을의 해변』에 담긴 시편들이 이미지의 맥락 속에서 전개하는 다채로운 의미화 작용 너머 조혜정 시인이 사유하는 시적 언어의 기원과 파생의 혼재 속에서 비롯된 정동으로 말미암아 어떤 불안의 내력을 기입하고 있기 때문이다. 이를 그저 "한밤중 나의 꿈속에서 흘러나온 것"(「탁자」)으로 치부할 수는 없는 노릇이다. 무의식적 욕망이 추동하는 세계를 전유하여 불안한 실존의 곤혹을 응시하고 이를 형상화하는 조혜정 시인의 시적 수행은 이제 글 이전의 말, 발화의 욕망과 표현의 욕망으로 향한다. 그것은 "처음 찍은 발자국이 길이 되는 때"의 기원을 상기시키며 길의 가능성을 내포하는 시원으로서의 '말'을 기록하는 것으로 연결된다.

이러한 시인의 자의식은 "천 개의 나뭇잎들이 천 개의 귀를 붙잡고 흔드는 소리"가 "쏙독새 울음소리"로 전이되어 "허공을 물고 터져 나"오는 것을 감각하는 데에 이른다. "깊고 먼 어둠을 길어 올려 둥글게 반죽"하는 시인은 "만 년 전 바람이 만 년 전 숲에서 불어"와 지금 이곳 "석류나무 아래서 거친 숨결을 고르"고 "침묵의 긁힌 알몸"에 닿는 것을 느낀다. 나무와 나뭇잎의 관계는 시간의 선후를 초월한다. "만 년 전 바람"은 지금 이곳의 "거친 숨결"로 인해 비롯된 것일 수도 있다. 존재의 의미는 존재의 행위에 의해 구성되는 것처럼 말이다. 나무는 생존과 성장을 위해 나뭇잎에 자신을 의탁하며 나뭇잎이라는 실재와 결합하여 실존한다. 시인은 이를 "온몸으로" 수용함으로써 "쏙독새는 온몸으로 쏙독새"가 되는 '그 길'을 본다. 그리하여 시인은 언어의 기원을 지금 이곳의 시적 언어로 재구성함으로써 "처음부터 거기 살고 있는, 아직도 증발하지 않은 침묵의 긁힌 알몸"의 시간에 기대어 "처음 찍은 발자국이 길이 되는 때"를 지금 이곳에 새긴다.

첫 시집 『리을의 해변』을 통해 그 길을 나서는 조혜정 시인의 시적 언어가 앞으로 어디까지 나아갈지 알 수는 없다. 다만 "멀리 있는 작은 나무 한 그루를 보고 눈물 인사"(「솔솔 솔바람」)를 하듯 모든 존재의 "넓어지는 반점들"(「바나나」)을 감싸 안고 고통과 불안을 위무하며 무사히 '르의 해변'에 닿았으면 좋겠다는 바람을 얹는다.

리을의 해변

2024년 10월 31일 1판 1쇄 펴냄

지은이   조혜정
펴낸이   김성규
편집   김안녕 조혜주 한도연
디자인   신혜연
펴낸곳   걷는사람
주소   경기도 용인시 기흥구 동백중앙로 358-6, 7층 (본사)
            서울 마포구 월드컵로16길 51 서교자이빌 304호 (지사)
전화   031 281 2602 / 02 323 2602
팩스   02 323 2603
등록   2016년 11월 18일 제25100-2016-000083호

ISBN 979-11-93412-56-5 04810
ISBN 979-11-89128-01-2 (세트)